청어詩人選 397

송상섭 시집

도통골 고사리

도서출판 청어

도통골 고사리

송상섭 시집

시인의 말

　시를 쓸 수 있다는 것이 행복하다.
　시를 통해 일상을 담아 생각을 입혀 그릴 수 있으니 내게 작시는 삶에 버금가는 각별한 의미가 있다.

　지천명에 들었을 때 뭐 하나 손에 쥔 것 없는
　허전함을 추스르려 첫 시집을 펴낸 지 십 년이 지났다.
　이순이 되어 두 번째 시집을 내면서 내 속내를 또 보여주게 되니 처음보다 더 민망하고 부끄러운 마음이다.

　사람이 살아 지내온 과정과 환경은 제각기 다르더라도 겪어온 우리네 삶과 추억은 크게 다르지 않을 것이기에 이 시집에서 여기의 나와 저기의 내가 조우하는 감상을 함께 할 수 있기를 기대해 본다.

　삶을 가치 있게 만들어주신 많은 분들께 감사드린다.

　　　　　　　　　　　　　2023년 4월 어느 봄날에

차례

5   시인의 말

I   겨울 지나고 다시 봄 오면

12   시인
14   삶 1
15   바퀴벌레
16   하지에
18   금요일
19   아버지의 유산
20   비가 오면
21   이순(耳順)이 되어
22   소원
24   생각
26   다리에서
27   오후
28   결혼
30   사랑 1
32   꽃
34   추석
36   조기폐차
38   고양이

40 행복

41 봄

42 대천

43 멘토

44 윤회

45 불면

46 하루

Ⅱ 모두 기억하지는 못하지만

50 오늘

52 시간

53 옛노래

54 어부의 아내

56 추억

57 썰물

58 안면도

60 동해

61 아버지

62 대청호에서

63 점심에

64 어버이날

65 저녁에

66 김치볶음밥

67 오타

68 봄밤

70 회상

71 이별 후

74 그런가요?

76 안 그런가요?

78 제사

80 삶 2

81 사랑 2

82 인연

84 인생

85 어느 이메일

86 고백 1

Ⅲ 그리고 또 언제 만날 수 있을지

88 겨울에

90 실연

91 1985년 4월 23일

92 가을을 기다리며

94 여름

96 밤

98 비

99　짝사랑

100　노인

102　미스 방

104　한계

106　비 마이 셀프

108　석가탄신일에

110　여름비

112　떠나가는 이에게

114　청년의 삶

116　어머니의 손길

118　관계

120　감정

121　추억

122　고백 2

124　해 비

125　오월

126　깨달음

127　잡념

128　선

129　자식

130　도통골 고사리

134　해설_카이로스(Kairos)의 쉼 없는 날갯짓을 기원하며
　　　　정규범(문학광장 이사장)

겨울 지나고
다시 봄 오면

사랑은 그 끝이 좋아야 한다
아름다운 끝없는 사랑이 있을까?
그런 일이 없을 거란 생각이 드니
이제 사랑을 떠나보낼 때가 왔나 보다

시인

나는 시가 좋다
그리 잘 쓰지 못하는 데도 자꾸 끼적거린다

내 심장의 울림을 글로 그리려는 풍경
내 마음의 상상을 글로 새겨보는 그림

저녁 먹으라는 엄마의 부름에
동네 친구들을 뒤로하고
집으로 가는 골목에 피어올랐던
집집마다 밥 짓는 초저녁 굴뚝 연기

마당에서 꼬리치며 반겨주던 메리와 쫑
밥 냄새 가득한 따스했던 부엌이
기억 한켠에 화석으로 남아있지만

유년의 그 느낌
갈피를 못 잡을 그리움
도저히 갈피를 못 잡을 그 그리움을
글로는 담아낼 수가 없어

내 맘속 떠도는 한없는 물방울들이
이 강, 저 바다의 심금을 글발로 휘젓기 전까지
시가 아닐지라도
단지 꿈꾸는 미완의 낙서장일지라도

그냥 나는 시가 좋다
마냥 시인이 되고 싶다

삶 1

이승에서 잠시 머무는 생
기웃기웃 우물쭈물하다가
저승 갈퀴에 힘없이 끌려간다

바퀴벌레

경계하는 사슴의 눈으로
시궁창 바닥을 겨우 겨 나와
무심한 신발 밑창에 깔려 죽는다

하지에

지난여름에
저 의자에 잠시 앉아 있었지

시원한 바람
여름이 오는 자리

그곳에서 눈을 감고
잠시 어머니를 뵈었지

아름답고 숭고한 삶의 여정

인생 짧다고
사는 거 별거 아니라고
즐겁게 살라고 하셨던

그런 내 어머니는 왜 늘 슬프고
그립기만 한 것인지

내가 그런 삶을 살아오긴 한 것인지

누구에게 물어보고 싶었던 나를
저기에 앉아 있던 지난 6월의 나를

오늘 하짓날에

잠시 만나고
뒤돌아 온다

어데 갈 곳도 없이

금요일

오늘 금요일이 왔다

오래전 무슨 요일이 제일 좋은지 물음에
일에 파묻힌 고단함에서 잠시 벗어날 수 있어서

그때나 지금이나 똑같은 금요일인데도
지금의 금요일은 그때의 그것과는 사뭇 다르다

세월이 더 지난 후에 날마다 금요일 같아질 때는
내게 주어진 모든 요일이 다 소중할 듯싶지만

지금도 금요일이 좋다
아직 우황청심환이 많이 필요하니 말이다

오늘 또 금요일이 지나간다

아버지의 유산

돌아가신 울 아버지 내게 말씀하셨지
스물까지는 부모 그늘에서 살고
마흔까지는 네 능력으로 살고
마흔부터는 그동안 네가 살아온 대가로 살 거라고
육십이 되기까지 인생 뒤돌아보지 말라고
육십 전에 네가 가진 것 네가 갖고 싶은 것
육십 넘으면 네 곁을 떠난 것도 있고
이미 네 것이 된 것도 있을 터이니
잊지 말거라
늘 웃을 수 있는 것이 행복한 삶임을
그러니 날마다 즐겁게 보내야 한다는 것을

내 네게 물려줄 것이 이 말밖에 없으니
많이 미안하구나
아들아

비가 오면

보여지는 모든 것들을
다 가져라

볼 수 있을 때
느낄 수 있을 때

찰나의 모습들 하나둘 기억 속에
차분히 추억해 두어라

이 땅에 살아있는
모두에게 내려주는 자연의 선물

옜다 전부 다 가져라
다시 못 볼 마지막 풍경처럼
잘 간직하거라

죽기 전에 말이다

이순(耳順)이 되어

뒤돌아보니 참 짧다

남의 말을 들으면 그 이치를 깨닫고 이해할 수 있어
귀가 순해지는 나이라는데

　자아를 찾고 기억을 되새길 수 있는 유년 시절부터
초중고 대학교 내내 로맨틱하지 못했던 학창시절

　사회에 나와 내 삶의 트랙에서 낙오되지 않으려 쉼 없
이 내달린 것으로 점철된 나날들

　그저 살기 위해 살아온 날들이었을 뿐이니

　지난 육십 년을 열심히 살았노라고 자위하며

　외로웠던 저편의 어린 나를 이제 잠시 위로할 수 있음
을 다행으로 여기자

　대열에서 이탈되지 않으려 나름 살아 보려고 잘 달려
와 준 것도 중생의 무탈한 삶인지 모르겠지만

　살아온 날들보다 더 짧게 남겨진 여생 앞에 희망사항
하나를 누가 묻는다면

　이제 웃으며 산책하듯 지내고 싶다고

　나이 육십이 되니 쉽게 말하고 싶다

소원

82학번, 흔히 말하는 386세대
대학 생활 내내 최루탄 냄새 맡으며 학교 다녔다
1987년 5월부터 그해 6·29선언까지
도피 생활도 했었다

산속에 달포 간 숨어지내며
운명이 바뀔 수도 있겠다는
두려움도 있었지만
부조리에 타협할 수는 없었다

생각이 다 같을 수는 없기에
이를 외면하고 몰라라 했던 이들 또한
많이 있었지만 나는 존중했다

그 시절 많이 죽었고 많은 불행도 겪었다
민주주의는 저절로 얻어지는 것이 아니기에
그때나 지금, 그리고 앞으로도 부조리에 타협하며 기
생하지 않고
민주주의를 완성시키고 잘 지켜주었으면 하는 바람과
함께
우리나라 교육의 근간이 되는 명예, 긍지, 인본을 통해

삶 전반에서도 중요한 가치가 되었으면 하는 희망도
있다

스물다섯에 이렇게 메모한 것을 육십에 다시 보면서
그냥 옮겨 적어 본다

생각

비 오는 날 기차를 타고
차창을 보노라면
지천으로 그리움이 날린다

가늘게 기울어지며
자기 자리로 뒷걸음질 치는
전봇대 사이 사이에도

가끔 지나치는 건너편
버스 창가 낯설게 흐릿한 얼굴에도

다들 무슨 생각을 하고
어디론가 떠나가고
다시 돌아오는지

살기 위해 살아있는
모두들 이 땅에 내려와
잠시나마 눈물을 내려놓는 건 아닌지

생각도 비가 되어
윤회하는 것인가

너무나 소중한 그대를
다시 만날 수 있을지 근심하며
차창에 매달려 휘날리는
한 줄기의 물방울에도

잠시 동시대에 있었음을
서둘러 손을 뻗어
인사라도 나눌 일이다

다리에서

하룻밤 장대비에
경계를 넘나드는 개울물

단단히 화가 나
울퉁불퉁 달려오는 물살

뒤돌아서면
저리로 내 달리는 성난 근육들

어제 바닥에서 숨죽였던 저들이
오늘은 거칠게 날뛰고 있구나

하룻밤 사이 변해버린 녀석들
쓰레기들에 섞여 다리 밑에서 너울대다가

마지막 이별을 고하고 삼삼오오 떠내려간다
희희낙락 떠밀려 간다

오후

낮잠을 청해 네 시간 동안 저승행
밥 먹으라는 깨움에 저녁밥은
이승에서 먹는 제삿밥

문지방 건너면 저승이라
죽는 게 별거겠어?
깨어나지 못하는 낮잠 같은 것

하여 일생 일장춘몽이라
유추의 오류라 해도 득도한 오후였어

결혼

의지 가득 두 주먹 불끈 쥐고
처음 세상으로 나와 울음을 터뜨린 날
그 순간부터 부모 마음 애태우며
부부는 아이가 되어 가고 너는 어른이 되어 가지

그냥 같은 울음인데도 부모는 네가 무슨 말을 하는지
알아듣고 늘 대답하고 해결해 주지
아무리 힘들어도 사랑스러운 내 새끼 기도하고 쓰다
듬고
가슴 쓰린 일 겪으며 사랑으로 키워주지

부부가 만나 맺어진 것은 인연이라 하고
그 인연 덕분에 태어난 너는 천륜이라 하지
자연이 만들고 세월이 키운 것도 있지만 너도 인연을
맺고
천륜을 접하게 되면 그때는 결혼이 조금 다르게 와
닿겠지

부모님께 고맙다고 인사드리는 날이 바로 결혼이라는
것을

어느덧 둥지에서 벗어난 내 새끼
결혼 축하해

사랑 1

살짝 내려앉으면 아름답다
가슴 속에 피우는 장미
꽃향기에 취할수록 가시에 찢긴다

산마르크광장에는 한 무리 비둘기들
가득 날아오르고 빙글 돌다 다시 광장에 내려와
바닥을 쪼아댄다

여행자들은 그 앞에서 물을 마신다

사랑이 들어서면 목마르다
숨찬 갈증에 광장에 누워 눈을 감는다
어느 노부부가 다가와 두유니드헬프를 묻고
아임 오케이라고 말하지만 프랭크리 낫 오케이 구토 중이다

사랑은 그 끝이 좋아야 한다
아름다운 끝없는 사랑이 있을까?
그런 일이 없을 거란 생각이 드니
이제 사랑을 떠나보낼 때가 왔나 보다

가슴 속 가뭄에 장미꽃이 지고 있다
가시 박힌 비둘기는 먼저 죽어 버렸고
모두 돌아올 수 없는 바다 저 멀리 날아갔다

혼자 떠나온 베네치아
모나리자를 사랑한 레오나르도 다빈치를
루블박물관이 아닌 산마르코광장에서 만났다

꽃

안개가 내려온다
안개비가 내린다
비가 내려온다
빗물이 내린다
해가 내려온다
햇볕이 내린다
바람이 내려온다
나비가 내린다

꽃이 내려온다
꽃잎이 내린다
눈이 내려온다
눈꽃이 내린다
별이 내려온다
별빛이 내린다
물이 내려온다
눈물이 내린다

삶이 내린다
생이 내려온다
生死路隱
南無觀世音菩薩

추석

누렇게 변해가는 들판 길 따라 내리는 햇살
거룩한 석양 맞으며 대청댐 길 넘어서면
세속을 떠나 들어서는 가을 중추절

거친 손길의 바람도 감과 밤의 무거운 흔들림에 다소
곳해지고
철 늦은 매미들 울림에 귀 기울이는 느릿한 고향 구름들

춘분을 지나 일 년 절반을 잘 넘어온 산과 들녘
오늘 저녁이 지나면 가장 커진 보름달을 새겨 놓고
다시 동지로 돌아가는 성묫길

선물꾸러미 한두 개씩 손에 들고
귀성을 서두르는 이웃 사람들 소리와
전 부치는 기름 냄새가 넘쳐나는 인간적인 한 철

점심상을 뒤로하고 집으로 되돌아갈 때
잘 보관해 뒀던 보자기에 바리바리 명절 음식들을 싸
서 건네주시고는
다시 못 볼 이별처럼 점이 될 때까지 서서 지켜보셨던
어머니

어머니 생각에 한없이 외롭고 서글퍼지는 마음
할아버지와 할머니가 되어 버린 오래된 형제들과
말없이 공유하는 어머니 없는 추석 명절 하루

세월 갈수록 더 보고 싶은 어머니
나이 들수록 아프게만 하시는 어머니
육십 된 막내아들의 어머니
아직도 먼발치에서 보고 계실 어머니
그리운 나의 어머니

조기폐차

작별인사는 간단했다
내가 더 미안하다고만 했다

멀기만 해 보이는 거리 37만 3천 킬로미터를 나의 젊
었던 전성기 시절을 함께한 사륜구동 자동차
단종되던 해인 2003년 7월에 시작된 인연은 2021년 9
월까지 18년 2개월을 같이 했다

차에는 자동차 설명서와 차량등록증을 함께 넣어 두
었다
마지막으로 보닛을 손바닥으로 쓰다듬고 담담하게
차량 키를 넘겨주었다
아직 현역이지만 배출가스 5등급 강제 폐차

이별은 그렇게 끝이 났다
아무 말도 못 하고 듣지도 못하지만 길고 높게 쌓였던
인연과 달리 너무나 간단히 짧게 헤어졌다

다시 못 볼 길을 떠나보내는 허전함이 싫어
곧 인연이 닿을 새 자동차에는 정을 주지 말아야겠다
고 마음으로 다짐하지만
몸은 주차장에서 빈자리를 달래줄 새 차를 기다리며
서성이곤 한다

나이가 들면서 곁에 있는 소소한 것들에게 정을 아껴
두어야 하는 것이 옳다고 하지만
실은 그게 중생의 집착과 번뇌이니 수행자가 아닌 이
상 쉽지 않은 일이 아닌가

며칠 후 그의 몸값으로 160만 원이 들어왔다
02가 6304여
이제 안녕

고양이

무척 뜨겁다
불에 덴 것인가
놀란 가슴이 말이다

모퉁이에서 마주친 환한
고양이 눈빛

잠깐 마주친 눈빛에 놀라지 말라고
길을 비켜주려 앞발을 쓱 내뻗는다

길거리를 오래 누비고 다닌
여여함 속에도 많이 조심스럽다

사람이 낯설지 않은지 두리번거리다가
익숙하게 숲속 수풀 속으로 이내 사라진다

숲은 이제 꽃잎이 시들어가지만
그 길은 안전한 영역의 온전한 곳이리니

다음 봄에 내 돌아와 여기서 다시 만나게 되면
놀라지 말고 피하지 말거라

뜨거운 지금 눈빛 잊지 말고
가볍게 꼬리라도 한번 스슥 흔들어 주어라

그때는 무척 따뜻하게
난롯가에서 만나게 되리라

행복

모두 잠든 새벽에
달빛 구름 흩어지듯 이부자리를 걷어낸다
입안 가득 머금은 졸리움
긴 하품으로 뱉어내고 발목을 치켜세운다
창 너머 새벽의 적막한 한기
방광 가득 고인 물 내보내려 화장실로 향한다
숨 가쁘게 앞다투며 배설되는 넘버투
잠시 깬 수면을 다시 청해 누워보지만
화장실 소변기로 쉬이 달아나버린 잠
잠시 떠오르는 글귀를 서둘러 메모하고
새벽 공기를 쐬러 나간다
언제나 옳고 바른 새벽의 시간
삶을 확인할 수 있는 수많은 순간들이
별들과 함께 멈추듯 지나간다

봄

아무리 바람이 불어도 겨울엔 꽃이 떨어지질 않아
빈 가지 흔들리는 마음에 시간의 울림만 느껴질 뿐
겨울 지나고 다시 봄 오면
지난해 보았던 그 흔한 꽃들과 잎들과 파아란 새순들이
떨어진 것이 아니라 새봄에 다시 만나리라는
무언의 헤어짐이기에

이제 지천에 피어오르는 꽃들과 잎들과 새순들
그리고 저 흔한 아무 것들에게도
또 보게 되어 그저 반갑다고
그냥 인사라도 나눌 일이야

대천

대천 바다 가고 싶네
충남 서해는 뭔가 허전해서 인간적이지

누구에게든 감정이나 감상이 있을 거야
남겨 두고 온 조개탕과 소주 반병
그리고 헤어짐 같은

멘토

세월 갈수록 나이 든 아이가 된다
누군가에게 기대고 싶고 안기고 싶다

그것이 그렇다고 아무에게나 기대고
안길 수는 없는 일

나이든 어린애가 칭얼대며 보채는 모습을
웃으며 등 두드려주려 손을 내어주는 사람

그런 사람이 있다면 참 귀한 분이다
그런 사람이 아직 없다면 조금 더 외롭고
쓸쓸해야 한다

부덕하면 결국 못 만나겠지만
혹시 지금 곁에 있다면 고왔던 전생의 인연이
다시 돌아온 것이리라

나의 멘토,
다음 생에서는
어떤 연을 맺을지 기다려지는 윤회이다

윤회

책상 위
파리 한 마리
앞발을 비벼댄다

사정거리까지
조용히 다가가서
파리채로 내리친다

다음 생은
더 좋은 생명으로
다시 태어나거라

불면

새벽 2시가 넘었다
잠을 청하려 눈 감으면
정신이 더 또렷해져
눈 감고 있기가 어렵다

인생 시간 새벽 2시가 넘어설 때
더 살아 보려 눈을 부릅뜨려 해도
눈 뜨기 어려우면 어쩌나 하는
근심이 생긴다

오십 대 마지막 시월 하순 새벽에

하루

시간은 흐른다
좋든 싫든 멈추지 않는다

죽고 싶을 만큼 괴로워도
살아만 있으면 이겨낸다고
굳이 고언하지 않겠다

지나온 시간들을 되돌아보자
고행이 지나고 그 갈무리에는
행복이 다가온다

비록 스치듯 짧더라도
운명을 넘어섰을 때 다가오는
삶의 희열은 그 어느 것과도 비할 수 없다

시간은 정말 빠르다
멈춘 듯한 지금도 삶을 확인하는 역사이고
시간이 부여하는 유의미일지니

오늘 하루 조용히 걸어보자
살아있음을 흠뻑 만끽해보자
하루하루 점철된 또 다른 하루를 확인해 보자

오늘도 내일도 무조건 살고 볼 일이다
그리고 매일 사색과 산책을 해 볼 일이다
그래야 단 하루라도 기억할 수 있을 테니까
어느 날에 오늘을 말이다

모두 기억하지는
못하지만

여자는 헤어질 수 없음을 두려워하고
남자는 헤어질 수 있음을 두려워한다

여자는 사랑받고 싶지 않을 때 헤어지고
남자는 사랑 주고 싶지 않을 때 헤어진다

오늘

나는 오늘이 좋다

매일 오는 오늘이 좋다
어제의 내일이자 내일의 과거인 오늘은
나의 현재이자 미래이고 과거이다

오늘이 오면 남은 내 여생 중 하루가 공제되어
한 번의 오늘도 가버리니 속상할 수도 있지만
뭐든 공짜는 없지 않은가?

세상 사람에게는 두 개의 고통이 있다고 한다
하나는 돈이 있으면 해결할 수 있고
다른 하나는 돈으로 해결 못 하는 것이라 한다
둘 중 어느 것이 더 가혹한 것일까?

돈은 벌 수 있을 가능성이라도 있으니
돈으로도 해결 안 되는 고통의 무게가
더 크지 않을까?

나는 다행히 돈 있으면 해결되는
소소한 것들뿐이니 그럭저럭
오늘을 보낸다

늘 공평하게 맞이하는 오늘이
어느 누구에게는 좋지 않을 수도 있지만
돈만 있으면 해결되는 고민이라면
그것은 유복한 것이다

시간

시간은 공평하다
오늘을 맞이하게 하고 내일을 갖게 하며
추억의 어제를 만들어 준다

살아있는 세상에서만 존재하고 살아 꿈틀댄다
이를 인지 못 하면 시간도 더는 흐르지 않고 멈추지
도 않는다

이런 감각이 무뎌지면 이 세상 사람이 아니므로
시간도 함께 죽어 버린다

그러니 아무리 바빠도 시간이 없다는 말
쉽게 함부로 뇌까리지 말아야 한다
내가 죽었다는 것이니

옛노래

어떤 것에 추억이 걸쳐지는 회상이 있다
지난 노래는 옛 상황을 구체화하여
추억을 소환할 때가 있다
특히 가슴 쓰리게 맞물려 들려올 때
그 노래는 기억의 역사로 타고 간다

오늘 듣는 이 노래도 훗날 과거의 지금으로
늘 머무를지니 기억으로 남겨 놓고 싶지 않다면
노래와 함께하지 않는 것이 좋겠지만
시간이 또 더 많이 지나 그 흔적조차 아련할 때
그때쯤이면 이 노래는 내 삶의 그리움으로
다시 다가올 것이리니

오늘 운전을 하다 아주 오래된 노래를 듣게 되었다
저편에 묻어 두었던 사연 있는 노래였는데
담담히 많이 아팠던 기억 저편의 내가 떠올랐다

뒤돌아보니 40년이 지나고 있었다
그 사람 지금쯤 어디서 이 노래에 무슨 생각이나 할는지
우연히 다시 만나게 되면 웃으며 묻고 싶다

어부의 아내

돌아오는 뱃길 한가운데 포말이 일고
뒤로 앞으로 넘나드는
갈매기 몇 따라온다

항구에는 어둠이 내리고
가장 먼 곳을 바라보는 사람
시원한 바람에도 땀이 맺혔다

배가 정박하며
먼저 내리는 사람들
다음다음에
한 발짝 반가운 걸음이 다가선다

그 주위에
한 무리의 사람들이 서 있고
밝은 눈빛
입가에 미소가
그 둘 사이로 퍼져 나간다
수고했다는 말 한마디 없이
둘은 가볍게 손을 잡는다

대기하고 있던
생선 차량 부산하고
구경꾼들 주변 구경에
소란하기만 한데

오늘 저 바다는
아내에게
무엇이었을까?

추억

바닷가 고운 모래 그 길에 서서
햇빛 밝은 하늘을 바라보면
나무 사이로 그때 그 바람이 불어오네
아직도 파도는 이리저리로 넘쳐오는데
그대와 같이했던 이 옛길도
이제는 저만큼 멀게만 있네

달빛 가득한 해변에 서서
나도 모르게 그대 생각에 머리 숙이면
파도 소리 바람 소리 그대 목소리
아무리 멀리 있어도 귀에 들리네
바다에 떠 있는 갈매기 한 마리
이리저리 날기만 하네

썰물

그들은 잠들었다

실눈 같은 달빛 내려받으며
다시 출렁이는
저 바다로 가고 싶은
마음을 담고

무언지도 모르고
바닷물이 빠지는 순서대로
드러누웠다

아침은 아직도 멀었는데
바다는 언제 돌아오려는지

그래 아직은
더 깊은 잠을
자 두어야 하는 시간인가 보다

인제 보니
갯벌에 누운
배들이 참 곱다

안면도

석양에 서 있습니다

한낮에 작렬했던
그 강렬함은
바닷속으로
넘어갈수록
붉은빛이 더해지고
자꾸만 더 봐달라는
눈빛만을 보냅니다

아름답지만
얼마 남지 않은
그 빛의 하루를
이제서야
좀 봐 달라고
자꾸만 더 봐 달라고
애쓰는 모습이

서해에서의 석양은
인간적인 너무나 인간적인
해님이 되어 버려
사람에게 보는 것을
허락해 주는 것은 아닌지요

동해

해를 맞이하러 가는 곳
이곳에서 희망을 노래하고
더욱 큰 미래를 꿈꾸고
돈과 명예보다 건강과 행복을
사랑이 영원히 함께하기를
모두의 마음속에 남겨 놓는 곳

대한민국의 동쪽 바다
이스트 씨 오브 코리아

아버지

아버지…

생각하면 마음이 아픕니다

어른이 되어 가면서 부쩍 아버지 생각나게 하는 일들
이 많아지네요

남자가 어른이 되어 산다는 것은 잘 몰랐던 아버지를
조금씩 알아가는 과정인 듯합니다

밤늦게 귀가하여 아이들 이름을 불러보는 내 모습에
서 집에 오시면 제 이름을 먼저 부르셨던

아버지가 겹쳐집니다

그럴 때마다 아버지께 카네이션 꽃 하나 제대로 달아
드리지 못했던 그때가 후회됩니다

대청호에서

다시 어둠이 내리고
여기에 달만 홀로이 떠 있네
멀리서 비치는 흐릿한 불빛
흔들리는 달그림자
아름다웠던 오늘 하루는 이젠 어디에

점심에

계절이 바뀌어 지난 철에 입었던 바지를
다시 입어보니 허리단추가 잘 안 들어가는구나
지난 시절 내내 번민과 근심으로 지낸 줄 알았는데
내 몸은 태평성대였는가 보다
일체유심조(一切唯心造)의 논리적 우를 범한 것인지
아니면 유심(唯心)이 일체(一切)하지 않았던 것인지
잘 모르겠지만
마음이 살을 만들지 않았을 터이니
육신과 정신의 오류는 아닐 것이다

슬슬 콩국수 점심이나 먹으러 가야겠다
일체유심조(一切唯心造)를 행하러

어버이날

아주 옛날 시골집 벽에 매달린 붕알시계
밥 주라고 말씀하시던
그 시절
울 아버지가 그립습니다

하루 일에도 힘든 하루를
부엌에서 여섯 식구 저녁 지으시고
똑딱 댕~ 댕~ 댕~ 여덟 번 종 울리면
'밥 먹자'
상을 차려 놓으시던
나의 어머니

유년 시절의
그 벽시계로
잠시 갈 수만 있다면
붕알시계 드르륵 트륵 밥도 주고
두 분 가슴에 분홍색 꽃 카네이션
예쁘게
달아드리고 싶습니다

저녁에

다시 어둠이 내리면
거리에 나만 홀로이 서 있네
지나가는 자동차 불빛
흔들리는 내 그림자
아름다웠던 오늘 하루는
이젠 어디에

김치볶음밥

내가 제일 좋아하는 음식은
김치볶음밥이다
매일 먹기 때문이다

내가 제일 싫어하는 음식은
김치볶음밥이다
매일 먹기 때문이다

오타

뜨거운 돼지에
비가 내린다
마님 내린다
치마 밑으로 숨어
바지에 흐르는
빗물을 보아라
숙여야 한다
위를 보면 골이 나
더는 참지 못할 것임에

봄밤

생각하면
가슴이 울먹거린다

처음 만났던 날은
이제 잘 기억나지 않지만
같이 했던 그 많은 시간을
모두 기억하지는 못하지만
아직도 너무나 아려온다

공항에서 그는
새로운 삶의 기대에
들뜬 기분이었고 기분이 밝아 보인다
시간이 갈수록
출발 시각이 다가올수록
우리의 만남이 짧아져 가고
나는 점점 굳어져만 가고 있는데
이제 시간이 정말 다가왔는데
조심하고, 도착해서 연락하라고만 한다

그렇게 웃으며 보냈고
그렇게 웃으며 갔다

지금 생각해 보니
마지막 말은 사랑한다고 못 한 것 같다

그를 정말 보고 싶을 때가 있다
사랑한다고 말하고 싶을 때가 있다
시간이 흘러도
그 사람을 생각하면
자꾸 눈물이 나올 것 같다

회상

안면도에 가고 싶다

그 옛날 아스라한 추억이
머물러 있는 백사장 볼기 같이 따사로운 곳

늘 그곳에 그대와 함께 갈 수 있을 것 같았는데
이제 시간은 뒤로 돌아 나를 울게 한다

이제 다시 돌아올 수 없는 추억을 영영 떠나보내고 싶다

다시 돌아갈 수 없는 과거에 대한 그리움
함께할 수 없는 미래에 대한 상실감
덧없는 기억들을 말이다

이별 후

이른 새벽
이제 더는 통화 되지
않는 그 사람의 전화와
그 사람과의 포근했던 그간의 일상이
이제는 흔적으로 남겨져 버린
어제의 전화기를 만지작거리며
멍하게 하루를 시작했습니다

어제는 소중했던 사랑하는 사람이
멀리 떠나간 날입니다
공항으로 가면서 길가 식당에서
그와 같이했던 칼국수 점심 한 그릇을
듬뿍 퍼주는데 자꾸 눈물이 맺혀와
그저 말없이 탁자만 보며 서둘러 먹기만 했습니다

출발 시각이 임박하여 그는 그대로
난 나대로 이제는 각자의 시간으로 돌아가야 했습니다
차마 떠나는 비행기를 보지 못하고
같이 왔던 그 공항로에 들어섰을 때
알 수 없는 눈물이 빗물로 내려와
가슴 아리는 슬픔을 도저히 막을 수가 없어

한참 동안 빗속에서 울기만 했습니다

시간이 갈수록
가까이에서 같이 나누었던
사랑했던 아름다운 기억은
이제는 그리움의 아픔으로
너무나 자주 되돌아옵니다

가슴이 뭉클해지고
눈물이 흘러내립니다
결코, 이별이 아닌데
절대 실연이 아닌데도
같이했던 추억의 구름들이 이리저리
떠다니다가 그리움의 눈물이 되어 흘러내립니다

내 곁을 떠나고 난 후
내가 얼마나 많이 그 사람을 사랑했는지
내가 얼마나 많이 그 사람을 사랑했었는지
이제는 더욱 선명하게 알게 되었습니다

그 사람이 떠난 후
사랑한다는 그 말이
얼마나 고맙고 소중한 말이었는지도 알게 되었습니다

그 사람 지금은 멀리 있지만
들을 수 있기에 아직도 얘기합니다
사랑한다고, 너무나 사랑한다고

그리움의 눈물로 매일 매일 구름에 띄워
그대의 마음에 편지를 보내고 있습니다
다시 만날 날을 기다리면서요

그런가요?

여자는 남자가 사랑의 대상이고
남자는 사랑이 여자라고 생각한다

여자는 사랑 하나면 만족할 수 있고
남자는 사랑 하나에 만족하지 못한다

여자는 확신 없이 사랑하지 못하고
남자는 느낌만으로도 사랑을 시작한다

여자는 작은 사랑에 확신하고
남자는 큰 사랑을 위해 무리한다

여자는 사랑하는 사람의 전부를 갖고 있고
남자는 사랑하는 사람의 전부를 양보한다

여자는 사랑하는 사람을 잘 모른다고 생각하고
남자는 사랑하는 사람을 다 알고 있다고 생각한다

여자는 사랑하기 때문에 결혼을 생각하고
남자는 사랑하기 때문에 결혼을 두려워한다

여자는 밥보다 반찬이 중요하다고 생각하고
남자는 반찬보다 밥이 중요하다고 생각한다

여자는 헤어질 수 없음을 두려워하고
남자는 헤어질 수 있음을 두려워한다

여자는 사랑받고 싶지 않을 때 헤어지고
남자는 사랑 주고 싶지 않을 때 헤어진다

여자는 헤어진 사랑을 잊을 수 있고
남자는 헤어진 사랑에 죽을 수 있다

여자는 음각의 세포로 촉수가 안에 있고
남자는 양각의 세포로 촉수가 밖에 있다

그래서
여자는 사랑밖에 모르고
남자는 여자밖에 모른다

어느 노랫말에 남자는 배 여자는 항구라 했지만
인생의 배를 타 보니 남자는 파도 여자는 암초 같기
도 하다

잠시 끄덕이면 여자고, 웃으면 남자다

안 그런가요?

여자는 사랑받기 원하고
남자는 사랑 주기 원한다

여자는 사랑을 위해 남자를 그리워하고
남자는 사랑하는 여자를 그리워한다

여자는 작은 사랑이 중요하다고 생각하고
남자는 큰 사랑을 위해 작은 사랑을 경시한다

여자는 헤어질 수 없음을 두려워하고
남자는 헤어질 수 있음을 두려워한다

여자는 헤어진 사랑을 잊으려 하고
남자는 헤어진 사랑에 죽으려 한다

여자는 사랑받고 싶지 않을 때 헤어지고
남자는 주는 사랑을 받지 않을 때 헤어진다

여자는 진짜 사랑밖에 모르고
남자는 진짜 사랑하는 여자밖에 모른다

그래서
여자의 남자는 배라고 생각하고
남자의 여자는 암초라고도 생각한다

제사

세월이 가는 것은
이 울음이 멈춰서는 곳을
찾아 나서는 여정이리라

살아오면서
누군가를 만나고
또 만나고
그리고 또 만나고
다음에 또 만나고
사랑하고
사랑한다

거기서 딱 멈춰야 했는데
사랑이 가는 건지
사람이 가는 건지
이렇게 멈춰 세우지 못해서
어쩌지 어떡하지

그러다가
현고학생부군신위로 간다

마음속 저 멀리서 올라오는
무엇이 멈추는 가슴에서
결국, 울음소리가 들린다

삶 2

사람의 줄임말
아니면
살다 감의 줄인 말이거나

사랑 2

어느 날 보물이 되어 있고
그래서 갖고 싶고
도둑맞거나 빼앗기면 안 되는 것
바로 그 마음
그런 생각

인연

어떻게든
한 사람들 만나 끝없는
감정이 몰입되기 시작하면서
우리는 사랑한다고 했다

그 흔했던
책갈피 사이 단풍잎 하나 끼우지 못하고
우리는 그냥 좋았다

시간이 지나면서
많았던 만남과 함께 한없이 흘러내렸던
감정의 폭포를 얼마만큼 끌어안을 수 있었으랴 마는
매번 감성의 짓누름은 악몽의 가위눌림이 되어
순간의 연민으로 되 눌러오고

그냥 그것을
감정의 생채기로 아물기에는
너무 어려워
끝없는 깊은 하중으로 그리움의 심장을 내리치고
사랑한다 지껄여도 보지만

그 흔한 책갈피 단풍잎 한 장
보내 보지도 못하고 말아버린
그런 만남이었다

인생

보이지도 않고
만지지도 못하는
대체로 맑음
내지는
구름이 많이 낀
구체적이지 못한
일기예보다

어느 이메일

제가 음악을 좋아해서 큰일 났어요
너무 좋아서 큰일 났어요
그 사람도 좋아져서 큰일 났어요
정말 큰일 났어요

Re: 좋은 음악 많이 들으세요

고백 1

정리가 안 된다
할 말이 안 나온다
마지막이라는 생각뿐
내 생에 단 한 번
자동사격 절대 금지
탄알 일발 장전

그리고 또
언제 만날 수 있을지

아무리 삼켜도 되 나오는 것처럼
아무리 애써도 잠 못 자는 것일까?
밤이 되면 그들 모두는 죽어 생각 않겠지만
그래도 지금 담배 한 모금이라도 없었으면
난 득도했을 것이다
저기 취해 걷는 신작로처럼 말이다

겨울에

시간의 가장 깊은 숨소리에
이제는 모두 눈을 감는다
격렬했던 순간의 거친 맥박도
다소곳이 숨죽이고
휘황찬 거리의 차가운 불빛들도 초라히 껌벅인다
종종걸음이 바쁜 한 철
사람이 살아가고 있다는 것이
때론 서둘러 귀가하는 그들의 뒷모습처럼
가늘게 흔들리는 낡은 가로 빛이라

어느 젊은 유대의 청년도 인도의 득도한 왕자도
새벽녘 깊은 한숨으로 밤새 손을 녹이며 기다리는
기다림이나 기다림 속에 허기처럼 몰려오는 그리움을
알기는 알았을까 마는
낯선 새벽 밤새 꿈의 아지랑이는 얼음처럼 지쳐 굳어
진 마음
호주머니 속으로 스며드는 이 계절
무엇에도 울 수 없는 흐느낌만이
어디로부터인가 꿈틀거려
고개 숙여 불러대는 예불 소리와 겹쳐 흐른다

끝도 없이 이어질 것만 같던 이 계절도
언젠간 우리네 지난 한 계절로 녹아들겠지
아침이면 보고픈 모든 것들을 다시 봐야겠다
사랑 없이 정말 아무 사랑 없이
그래야만 이 겨울의 깊이에서
헤어날 수 있을 것만 같다

실연

어떻게 이뤄낸 인연인데
이렇게 무너지나
쉽게 버리려는 마음 씀은 쓰레기라
한낮에 내리쬐는 빛발 아래서
힘찬 발걸음들로 새롭게 내달아 보지만
이내 다가오는 석양에 기우는
어려운 심사가
밤늦은 귀가
잠을 설치는 어둠에
이내 속아 버린다

1985년 4월 23일

삼류의 찻집에서
왕후 같은 미인의 감각을 찾아본다
매큼한 담배 연기가 천정으로 향한다
희뿌연 연기 간신히 매달린 전등 하나가 빛을 반사한다
P다방 11시
찻집은 이렇게 시작해서
느끼한 구역질을 참으며 방을 나서려 한다
갈 길은 멀고 잠깐 들를 곳이 있어 잠시
그 외에는 조그만 연민 같은 감정을 안아보려고
차분히 가라앉은 것뿐이다
가장 기본적인 인간미의 창조
사람은 이런 곳에서 정을 뿌릴 수 있을까?
아랫배에서 노란 염기성 액체가 배설을 기다리고 있다
이젠 나도 가봐야겠다
그냥 밖으로 내 흔적을 찾아봐야겠다

가을을 기다리며

먼지가 쌓은 책가방 손잡이를 후 불어본다
뽀얀 집 먼지가 햇빛에 투영되어 하늘로 치솟는다
두툼히 깔린 먼지 더미가 조금 여린 빛을 띠며
그래도 남아 있다
손가락으로 툭 쳐 본다
폭발하듯 사방으로 퍼지며 손톱자국이 선명하다
주위는 온통 먼지로 더럽혀졌다
밝은 햇볕이 부유들의 그림자를 만들어 낸다
코로 입으로 들어간다
침을 뱉어내야겠다
의지 아닌 욕구가 배어 오른다
부스스 손을 떠 창문을 향해서 배에 힘을 주고 주둥
이를 모아
더럽혀진 입속의 오물을 분사한다
큰 덩어리가 마당으로 떨어진다
날아가며 떨친 작은 물 먼지는 증발되고
떨어진 침을 흙먼지가 덮쳐 쥔다
갑자기 외줄기 바람이 등 쪽으로 시원하다
다시 전기가 살아 들어와 선풍기를 돌린다
잠이나 자야겠다
베개를 베고 누워 천정을 바라본다

아무래도 속이 편하다
굵은 가래가 거의 소화되었음을 느낀다

그리고 주스 같은 잠

여름

바람이 일던 날
빗물이 경사각을 이루며 창문을 때렸다
옅은 물방울들은
하늘로 치솟았고
부러질 듯 휘어진
미루나무들 쇠 소리를 내었다
태초의 천지를 창조하듯
암흑은 섬뜩한 어둠으로 대낮을 가렸고
어느 비 맞은 부인네의
젖꼭지를 배어 내었다
다 익은 나락들
지쳐 무거운 듯 바닥에 누웠고
참새들 소리에도 없는 소리를 내며 저공비행을 할 즈음
하늘은 부풀어 구름을 띄웠고
언뜻 보이는 틈새로 짙은 파란색
자신을 내보이며
숱한 바람들을 북쪽으로 몰았다

번개가 내리치고 천둥이 쫓아올 때
낯선 집 처마 밑에 몸을 가려
초라해진 빈 몸뚱이 하나 겨우 숨겼지만
등 뒤로 시멘트벽은
무슨 눈물처럼 한없는 빗물을 흘렸다

밤

형광등 불빛에
낯선 얼굴 투영되고
멀리 플라타너스 귀신처럼 버텨
큰길 가로등 노인처럼 힘없다

보이지 않아도
시계는 정확히 제 숫자를 가리키고
여러 벌레 제 모습을 나타낸다

소리로, 비행으로
어둠을 틈타 스트레스 해소한다
아무리 어두워도
기차는 떠나고
지구 회전하며
풀벌레 잊지 않고 울어 댄다

아무리 어두워도
나무들 어제 그 자리 겁내지 않으며
멍든 가슴들 감추지 못하며
잠재우지 못한다

그래도 아침이 오면
눈을 감고 밤을 기다려
그냥 숨을 죽일 뿐이다
어둠은 왜 존재하는가?
어둠은 왜 밝혀지는가?
아침은 저절로 오는 것인가

비

빗속에서 님을 본다
그 모습이 물속에 녹아 흐른다
거짓말 같은 그리움
그리움 같은 기다림

빗속에서 님을 그린다
사륵사륵 두려움이 묻히고
엷은 옷 속으로 들어가는 소리 없는 포옹
그런 속에서 님을 만지려 든다

빗속에서 비 맞으며 님을 본다
매일이지만 비만 내리면 미치게 그립다

짝사랑

느낌으로도 벅찬 숨쉬기
근이 없는 방정식처럼 의미 없는 해답 같은
그냥 엑스

사는데 가장 퇴폐적인 미와 선의 공간
가공된 향락 애상적 촉각으로
단내 풍기는 사탕 알 하나 씹으며
기타운지법 한번 배우고 튕기는 서툰 소리 맞혀
느낌 없는 노래하였다

선잠 놀라 깨 칭얼대는
조카 애 붙잡고
묘한 웃음 띠움

노인

어제도 그제도 서쪽으로 기우는 24시간
오늘은 툇마루 낮은 그늘에 향긋한 꽃바람
장기 알 깔아놓고
살기 아니면 죽기 삶과 죽음처럼 열띤 싸움을 벌인다
비굴해진 자신들
폐물 된 철근의 녹처럼 쓰레기 된 세월
시간이 간 바람들
동물처럼 주린 배 채우고
오후 TV 방송을 여우처럼 훔쳐보다
벽시계 초침으로 눅눅한 설움 감춘다

한줄기 외로움으로
도시에서 밀려난 쓰레기들
아픈 뒷걸음 치다
라면 봉지 바람에 날리고
버린 사탕 같은 먼지 더미 위에
그곳 낯선 태양이 길게
날 파리 떼 모이고
두껍게 배인 열기
불알 터지는 듯한 아픔으로 자신을 지탱하다
철로 위 여유 있는 죽음을 생각하고

서러운 인연 미련의 끄나풀
주름진 눈가로 축축한 눈물 고인다

그래도 가을이 오면
여지없이 밤 길어져 가로등 더 비추고
긴 수면 잠깐씩 일어나 쓰린 속 잡고서
긴 한숨 산허리에 놓고
메아리친 희미한 숨소리에
도시의 쓰레기
자신의 위치를 확인하듯
낯선 집 문패를 보며
졸린 눈 두꺼비처럼 깜박인다

미스 방

언제나 모방이었다
갈색 대문집 앞을 지나며
사랑하는 여자
늦도록 횡설수설
저녁 늦은 폭우에 적당히 비 맞고
쓰린 속 틀어쥐고
버스표 사 들고 통닭집 옆 매운 해장국
비릿한 돼지 냄새를 넘기며
매워 캑캑거리며 시원하다
위장 속 놀라 뒤집혀도
국물 아까워 마셔대며
연방 시원하다
놀란 속 불
재로 만든다

방 양이라고는 어색해
방 씨도 그냥 미스 방이 좋아
갈색 대문집 앞을 지나며
호주 방 씨의 문패를 훑어보며
미스 방 한 번 뇌까리고
눈 한 번 깜박이고

보고 싶은 눈 껌벅이고
손은 뼈마디 뚝뚝 부러지는 소리를 내며
미스 방 방방 뜨는 미스 방

역시 안 되겠어
가는눈 길게 늘이며
날카로운 눈 고양이처럼 번뜩이고
단 한 번 네 소리 없이 쿵쿵
축농증 앓은 환자처럼
숨쉬기 거북한 쿵
여자 소리 쿵
가는 목 성대 울리고 나오는 연한 소리
사람 소리 쿵
감정 없는 쿵
방방 뜨는 미스 방
시집 못 간 미스 방
역시 안 되겠어

한계

한계를 느낀다
재채기를 참는다는 것
소리 없이 올라오는 목구멍 끝
눌리다 달걀 으스러지는 모난 바윗덩어리
사이 좋게 내려앉은 초가을 늦여름 구별하기

한계를 느낀다
가난을 참는다는 것
못 먹어 나타나는 얼굴색 머리 빛
뒤통수 흉터
백화점 입구서 저지당하는
부와 빈의 차이

한계를 느낀다
사랑을 참는다는 것
빈혈 걸려 쓰러지듯 현기증 올라오다
멈춰 선 침묵의 시간으로
사랑 감추기 내보이기

한계를 느낀다
느낌을 잡는다는 것
감정을 내보이는 것
그 어느 것 하나 완성되지 못한 헛것임에
잘난 놈 못난 놈 가려내기
우습다
그냥 웃음없이 우습다

비 마이 셀프

나는 내가 아닌 나를 보고 나라고 하는 나를
이해 못 하는 내가 나라면
나의 키가 얼마며 나의 얼굴은 무엇이며 털 몇 개인지
아픈 속
어딘지 알지 못하는 낯선 나를 내가 과연 나라고 한
다면
나는 나의 미래요 역사요 이상이요 진실이요 책임이어
야 하는데
다 자란 수염 깎아 허허 버리는 비굴한 나
꿈속 길 헤매듯 낯설어 어둡게 만나는 비굴한 나를
나는 용서하는가 그런 나를 기억하는가?
그럼 지금부터라도
키도 재보고 얼굴도 확인해 보고 털도 세보고 아픈
속도 찾아서
낯설게 만나지 말고 어둡게만 그리지 말아야 할 것
아닌가?
그래서 나에 대해서 충분히 노련해진 다음
내가 아닌 나를 보고 나라고 하는 나를 이해 못 하는
내가

과연 나였구나 라고 확인하고

다시 한번 용서하고 기억하는 기회를 가져야 할 것 아
닌가?

아니 그런가 이놈아

석가탄신일에

가슴을 쓰리다고 말할 때
어디서 나오는 아픔인지도 모르면서 아파했다
그것이 내 구석인지 아니면 단순히 기억인지
혹은 현재 있는 모습의 다른 한 편인지
결국 그런 것들이었겠지만 가슴이 쓰린 것은 쓰린 것
이었으니까
그 아픈 발원은 생각하지 못했다
그 발원이 치료되어야 완치가 있는 법인데
그래서 조용히 아픈 가슴에 대고 숨을 들이켜 보았다
크게 한 번
크게 두 번
크게 세 번 들이키고 내 쉬고 해 보아도
아픔이 아픔인 것을 계속 느껴야만 했다

다시 그 아픈 곳에 대고 손을 문지르기 시작했다
서너 번, 수십 번 돌리고 문지를 때 어째 그것은 힘이
들었다
몸 아픈 곳 하나를 다른 하나가 구해주는 척하면서
피곤해하는 이중성
모순이었다

그렇다면 발원은 그곳이 아니었는가?

이제부터 내 몸 그곳 아픔을 느끼지 않으면 그만이었다

그 아픈 곳 하나를 느끼지 않으면 그곳을 치료해야
할 손이 피곤하지 않을 것이고

의식하지 않으면 가슴 아픈 것은 없어지는 것이 아닐까?

그래서 그렇게 하기로 해 보았다

아프면 아프지 않다고 더욱 아프면 더욱 아프지 않다
고 하기 위해서

나는 환각제를 먹어야 했다

그리고 후에 알게 된 일이었지만

내가 다시 아픔을 아픔이라고 다시 느꼈던 것은

단순히 나에게만 느껴진 것뿐

내 가슴이 아픈 것은 환상이었고

그 이상은 매일 같이 내가 죽어 있었다는 사실을 깨
달은 날뿐이었다

그러면서도 단지 웃음으로 넘기려 했을 때

날마다 세상 이전의 간사한 모습으로 환생을 하고 있
었다

개미로

등이 굽은 새우로

배설 못 하는 뱀으로

여름비

너덜너덜 갈라지는 소리
숨죽이며 몸을 움츠리자
없나 있나 그래도 너무 커
있을 듯 기대하고 다시 귀 기울여 보자
자동차의 납 냄새, 여자의 분 냄새
갈래갈래 찢어지는 둔탁한 바닥
단순하게 또 여운을 기다려야 한다
두껍게 지면에 낙하하는 무서운 소리
여름 한낮은 몽둥질
심장이 힘들다
두렵다
이건 핏빛이다
절대로 밝은색이 아니다
그렇다면 다시 숨을 죽이자
허리띠를 푸르고 구두를 벗자
천천히 다시 기다리기 위해 벗어두자
도망갈 준비를 피하고 착한 모습으로 안달을 다시 해
보자

다 맞아야 한다
흠뻑 젖어야 한다
생각 위에도 숨 막히듯 비가 내리붓는다
삼삼한 여름비가
감기 걸릴 비가 내린다

떠나가는 이에게

항상 옆에서 코훌쩍이며
감기가 늘 떠나지 않는다 했었다
저녁 빛 창가를 스치는 노랫가락 속으로
초록빛 젊음을 뿜어내며
당신의 숨 막히는 단순한 진실을 토하고 마시고
다시 한번 숨김없이 웃어지고

항상 옆에서 웃었다
지금처럼 헤어지는 때는
단순히 악수하고 또 볼 수 있다는 자신감으로 쉽게
서운했었다
지금 같은 모습은 조금도 없이 웃으며 쉽게 뒤돌아섰
었다

이제
너의 표정과 얼굴과 손과 마디가 굳어 펴지지 않는 네
손목과
함께 떠오르는 그 감기를 그리워하며
네 앞에 앉았다
아직 그전처럼 손 뻗어 악수는 않았지만
누인 채 돌아와야 할 네 몸 한구석도 눈이 메이지 않

는 곳이 없었다

그래
이젠 자신이 없다
다시 헤어질 수 있다는 것과
언제 웃어주어야 하는지
그리고 또 언제 만날 수 있을지
땅속 깊숙이
묻히는 네 주검 앞에서
되돌아 쳐진 모든 함께한 것들이 거세게 부는 바람으
로 날려질 때
한 줌의 흙으로 부딪쳐 떨어지는 네 모습에 무릎을
꿇었다

이 밤도
숱한 무리의 별들이
눈앞에서 반짝거린다

청년의 삶

목이 말랐다
수그려 떨어뜨린 긴 머리칼 사이로
다 찢긴 눈동자 둘 땅에 내리고
힘들게 귀에 와 닿는 어려운 소리들
헤지고 쓰러져
흰 이 드러내 웃고 있으면
그 모습 어딘가
더욱 쓸쓸해 보이고
울고 있다면 차라리 그게 더 어울리고

갈증이었다
하늘에 별이 내려 그간 감추었던 꿈이나 꾸려 하면
다행히 가슴 품 안에 넓은 생각으로 돌리려는
새벽 4시의 위경련
언제쯤 적막감은 안정될는지
드러누워진 숱한 흔적에서도
유독 그리움만이 스산히 저 꽃과 어울려 피어지는지
그 아지랑이 솟아올라 배알 거리고
한참을 생각하다 다시 머리 숙여 생각하지 않아도
역시 목이 마르다는 것
가슴 저리도록

갈증을 느끼고 있다는 것밖에 없다

목마르게 살고 있는 내 입술을 적셔 주었던 삶의 확인
죽음의 망각
나의 입 근처 어딘가에서 고갈돼 가고 있었다

어머니의 손길

아침에 이불을 개려다 문득 내 잤던 요를 자세히 살펴
보았다

약간 패인 스펀지 담요와 머리 때가 묻어 조금은 더럽
게 변한 베개와

작년 겨울 어머님이 꿰매 주신 밍크 이불 구석의 흰
바늘땀을 바라보면서

내일이 다시 어머니 생신이라는 것과 내가 다시 깨어나

내 잠시 죽었던 흔적을 보는구나 싶어 잠시 안도의
숨을 내쉬었다

잠에 들을 땐 항상 내일 못 일어나도 좋은지 묻고 잔다

이것은 내 취침 전 일기 대신 암송되는 문구다

억울함이 없는가?

아니, 그럼 기필코 내일 다시 일어날 것

지금 누가 일어나게 지켜주는 사람이 내겐 없다

그냥 잠들어 못 일어나면 억울한지도 모르고 사망

시체 실려 제기랄 정립동 산10번지로 옮겨지고

태워 흰 재로 바수고, 우리 말씨 좋으신 주인집 아줌마

송장 치른 집 재수 없다 무당 부르고, 도배 새로 하고,

그래도 못 미더워 건물 허물어 새로 벽돌 올리고

난 죽어서도 내 살아 숨 쉬던 어머님이 빨아주시고 꿰매 주셨던
이불을 살펴보러 잠깐 상제께 부탁드리고
장대동 들러 그것을 보고
죽어서도 눈물 흘리는 불효를 짓고
급히 몸을 날려 불효자 어머님 앞에 꿇어앉아
머리 들어 골백번 하직 인사 올리고
어디론가 훨훨 날아가려 하는데
갑자기 아래 따뜻한 감각이 덮어 누르면서
가지 말라고 잡아끄는 꿈 같은 끈이 끊어지나 싶어
눈을 떠 둘러보니 낯익은 女子
죽을 목숨 살려놓는 인연
나의 어머니

관계

비가 오면
우산을 쓴다
그래도 비는 어떻게 하든
그 속으로 들어가려 한다

  공격
바람 타고
경사각으로
파편으로
  명중

화를 내지는 않는다
공격에 당했다고 착각하는 이는
그리 많지 않기 때문일까?

그러나 비는 알고 있는 듯하다
의미 있는 한 방은 그들 존재의 실증

이걸 알았으면 오늘 정도는
그들의 한 방을 맞아 보는 것은 어떨지
때론 덤으로 전희도 있지 않겠어?

흠뻑 젖어
젖는데 삼십 분이면 오우버?

오우 노우
레인 드롭스 폴링 오 마이 갓

감정

새벽에 가위눌려
담배 피우려 일어나
지친 땀 우선 닦고
어제 던져둔 디스 담배를 문다
폐 속 깊숙이 넘겨도 되올라 오는 흡연
이놈들은 몰아 뱉어 흩어진 길을 따라
끝까지 넘어 나온다
답답할 거야
아무리 삼켜도 되 나오는 것처럼
아무리 애써도 잠 못 자는 것일까?
밤이 되면 그들 모두는 죽어 생각 않겠지만
그래도 지금 담배 한 모금이라도 없었으면
난 득도했을 것이다
저기 취해 걷는 신작로처럼 말이다

추억

오늘은 정말로
정말로 보고 싶어 써봅니다
써서 보낼 수 있다고 생각지도 않습니다
그저 잘 그릴 수 있는 재주가 없어서요
조금이라도 만져볼 수 있는 흔적이라곤 머릿속 어딘
가에
정체된 그것밖에 없어서 말입니다

정말로 오늘은 보고 싶네요
옆에는 있어요
그때의 기억들이
많은 것이 아직 남아 있지는 않아요
그냥 그때가 좋았구나 하는 것이지요

그런데, 그런데 말이죠
참 이상해요
왜 몰랐지요?
지금 안 것을요
지금보다는 분명 몰랐지만
그것이 그래도 가장 좋았다는
그 무엇을요

고백 2

밤에
누군가가 내 뒤를 따라오는 느낌
그냥 그런 느낌이 있잖아?
그래, 뒤돌아보기도 무서움 그냥 그런 것 말이야
그럴 때 어떻게 했어?

그냥 걷는다
서 본다 추월하게
마주 쳐다본다
뛰어 빨리 간다

그리고, 이런 방법이 또 있지 않겠어?

확인하는 것
그 사람이 누군지는 알려고 하는 것
죽기 전에 한 번 볼 수 있도록

그걸 누가 모르나
하지만 이미 우리는 너무나 가까이에 있는걸
이런 것보다 더 익숙해진 두려움의 공포에
늘 둘러싸여 있잖아
그런 느낌 모르겠어! 그대

해 비

매일 계속해서 비가 오면 어떻게 될까?
양지가 그리울 거야
일기예보 하는 사람은 보너스가 없어지고
털 달린 짐승들은 방수의 둥우리를 짓겠지
습한 가슴은 언제나 구름 너머의 태양을 기다리고
우산이 TV보다 중요하겠지
매일 계속해서 비가 오면 가뭄이 없겠지

매일 계속해서 해만 뜨면 어떻게 될까?
음지가 그리울까?
일기예보 하는 사람은 실직하겠고
바닷가 연일 붐비겠지
털 달린 짐승들 메마름엔
언제나 태양 너머의 구름 빛 어둠을 사랑하고
도시마다 물 시장이 생기고
쌀보다 중요하겠지
매일 계속해서 해만 뜨면 홍수가 없을 거야

매일 해도 없고 비도 없는
그런 조그만 곳에 사람들이 모여 살며
일기예보를 듣는다

오월

그리운 사람들
고독을 외면하려는 친구들
술을 가까이하고 고향을 버린 이들
객지를 우상화하고 이방인을 존경하고 타액을 흡수하
려는
말라 웅크려진 비곗덩이들
비참해진 자신을 감추려는
웃음으로 겸손으로 위장으로 부족하여 울음으로
끝내는 돌이킬 수 없는 추한 총성으로 역사를 물들이고
흔들리는 가을 거리를
낭만 대신에 공포로 적막의 아픔으로
밀물 닥치는 불안의 선율
대중가요가 안 들리고 대신 어떤 진혼곡
숨죽이는 듯한 사이렌 소리
도시는 붉은 색으로 시멘트벽을 그어댄다

깨달음

여기에 있는 모든 것들이 아름답다 해도
나는 가져갈 수 없다

여기에 있는 모든 이들이 소중하다고 해도
나는 같이 갈 수 없다

나는 지금 저기에 있었는가
나는 그때 여기에 있었는가

인생은 잠시 이승에 내려와
혼자 가는 수행의 길임을 가끔 깨닫는다

지금이 그 가끔의 순간이다

잡념

타인을 위해 봉사하는 것은
온전히 나의 보람과 자긍심이니
이기적 이타심이 아닌가 싶다

나를 위해 쏟아 내는 선한 노력은
결국 자신을 위한 헌신과 봉사이니
이기적 이기심이 아닌가 싶다

이타적 이타심은 정말 흔치 않기에
석가와 예수가 떠오르는 것은
성인으로 추앙받는 이유이리라

훗날 그들을 넘어서는 성인은
언제쯤 다시 나타날지
인조인간으로 초인을 창조해야 하는 것은
아닐지 싶다

선

서로 지키기 힘든 말
쉽게 하지 말자
믿음 깨졌다는
편견이 생긴다
그래서 언제 밥 한번 먹자 했으면
지나는 말이었어도
꼭 먹자

자식

이왕 태어났으니 잘 살거라
그 정도만 바랐던 날들이 지나
이제 성인이 되었구나

누구에게 단 한 번이라도
신세나 심세 안 지고 살아온 생은 없으니
무탈하게 잘살게 되면
누군가 좋은 것을 내게 양보해서 그런 것이니
겸손해야 한다

그리고 양보해 준 그 누구를 위해
기부와 봉사로 베풀기 바란다

도통골 고사리

대전 가양동 뒤편 더퍼리에는 솔랑산이 있는데
그 산 초입의 우암 사당을 지나 도통골을 따라 오르면
기억 흐릿한 사찰이 하나 있다

그 사찰은 아주 오래전 무허가 절들을 정비하던 시기에
철거되어 없어졌다고 전언으로 들었지만
나는 그 절 법당에서 하룻밤을 묵었던 인연이 있다

도통골 너머 대전터널을 지나 옥천 방향 옛 경부고속
도로
비룡교차로와 마주하고 있는 작은 촌 동네는 아버지
가 생활하시던
내 고향 송가 집성촌 비름들이라는 마을이다

어머니는 대전 가양동에 네 명의 자식들을 교육 문제
로 모두 옮겨 두고
주말마다 가파른 도통골을 넘나들며 남편과 아이들
을 돌보셨는데
단신의 체구에 고단했을 어머니의 삶에 가슴이 아려오
곤 한다

어느 날 석양이 질 저녁 무렵 저녁밥 먹으라는 엄마의 부름에
  동네 친구들 하나둘 집으로 가버리는데 혼자가 된 가양동의 나는
  갑자기 비름들의 엄마가 너무 보고 싶어 도통골을 오르게 된다

  엄마가 좋아할 것 같아 산길 군데군데 보이는 고사리를
  두 손 한가득 꺾어 손에 쥐고는 해져 어두워진 산길이 무서웠는지
  도통골 절 법당 안으로 들어가 이내 누워 잠이 든다

  어머니와 누나가 밤새 찾아 헤맨 끝에 다음 날 아침이 되어서야
  절에서 잠든 나를 찾았는데 그때 내 나이 7살 무렵이었다
  54년 전 국민학생 누나는 지금 할머니가 되었고 어머니는 백수를 바라보시니
  일찍 돌아가신 아버지 몫까지 더해 사시는 것 같아 고맙기만 하다

어른이 되어 가끔 반찬으로 올라오는 고사리나물은
도통골에서 고사리를 뜯고 있던 기억 저편의 어린 나
를 만나는 반가움에
그토록 좋아하는 반찬이 되었지만
근간 어머니가 이 세상에 안 계시면 더는 먹지 못할
것 같다

유년 시절 떨어져 늘 보고 싶었던 울 엄마가
한 아이의 손에 잡힌 고사리에 아직도 머물러 계시니
한없는 그리움과 휑한 마음에 목이 메어 많이 울 것
같아서 말이다

어머니는 2023년 2월 20일 오전 7시 35분에 운명(殞命)하셨다

카이로스(Kairos)의 쉼 없는 날갯짓을 기원하며

정규범(문학광장 이사장)

카이로스(Kairos)의 쉼 없는
날갯짓을 기원하며

정규범(문학광장 이사장)

계묘년 지혜로운 토끼가 한해를 열어젖힌 지가 엊그제 같은데 산야는 연초록의 봄물로 흥건하다, 아침 산책으로 온몸은 물론이고 영혼마저 봄의 색채로 흠뻑 물들게 되는 축복의 계절이다. 잎도 꽃이 되는 시절의 자연을 환대하지 않을 수 없다. 자연이 쓰는 언어는 시의 전범이라 할 수 있음을 시인이 아녀도 누구나 체감하기 좋은 시절이라 하겠다.

발터 벤야민은 "언어는 그 언어에 상응하는 정신적 본질을 전달한다."라는 말을 했다. 여기서 "정신적 본질"을 전달한다는 결과가 중요한데, 여기에는 "언어에 상응하는"이 결정적 전제조건이 된다. 그 언어는 수행자(linguistic performer) 각자의 언어이다. 즉 언어를 구사하는 수준에 맞는 "그 언어에 상응하는" 격(格)의 "정신적 본질"이 전달된다는 것이다.

송상섭 시인이 환갑의 해를 맞아 두 번째 시집을 상재한다. 녹의(綠衣)를 입은 자연의 언어가 짙어지는 시절,

그의 언어는 어떠한 옷을 입고 어떠한 "정신적 본질"을 전달하려 하는지 궁금하다. 그의 시의 집을 이룬 세 개의 얼개에 따라가면 이순(耳順)의 길목에서 순해진 평범한 우리들의 일상들이 채집되어 있음을 알 수 있다.

I. 언어에 상응하는 정신적 본질을 전달하는 얼개들

송상섭은 시인이 되고자 하는 열망만큼은 시인 이상인 듯싶다. 시집의 권두시로 「시인」을 올리는 것으로 명징하고 있다. 시집은 시인의 시 쓰기에 대한 열정과 자기비판(「시인」)과 삶의 덧없는 본질과 삶의 진실을 깨닫는 순간(「삶 1」), 작은 미물의 허망한 죽음을 통한 생명 존중 사상(「바퀴벌레」), 어머니와 삶의 의미에 대한 상념(「하지에」), 일상의 고단함을 벗어나게 해주는 휴식의 통로(「금요일」), 과거에 집착하지 말고 날마다 행복하길 바라는 아버지의 마음(「아버지의 유산」) 등을 그리는 것으로 시작된다.

단순하고 기교 없는 담백한 언어를 통해 삶과 죽음, 의미와 목적 찾기의 주제를 탐구하여 삶을 반성하고 일상의 덧없는 순간에서도 의미와 아름다움을 찾도록 독자를 초대하고 있다.

보여지는 모든 것들을

다 가져라

볼 수 있을 때
느낄 수 있을 때

찰나의 모습들 하나둘 기억 속에
차분히 추억해 두어라

이 땅에 살아있는
모두에게 내려주는 자연의 선물

옜다 전부 다 가져라
다시 못 볼 마지막 풍경처럼
잘 간직하거라

죽기 전에 말이다

-「비가 오면」전문

　이 시에서는 "보이는 모든 것을 다 가져" 삶의 모든 순간을 즐기며 경험하는 것이 삶의 지혜이니 지금, 이 순간 "볼 수 있을 때/느낄 수 있을 때"를 소중히 여기라 말한다. 또한 모든 생명이 서로 연결되어있고, "이 땅에 살아있는 모두에게 내려주는 자연의 선물"이라 말한다. 독자에게는 삶의 변화와 불확실성에 대한 경고와 더불어 "다시 못 볼 마지막 풍경처럼/잘 간직하거라"며 소중한 순간들을 놓치지 않고 살아가길 기원한다. 이시는 삶과 자연(비)과의 조화, 그리고 삶의 소중함과 변화에 대한 생각을 자연스럽게 담아 독자들에게 공명과 위로를 전달할 것이다.

송상섭 시인이 탄 세월의 수레가 귀가 순해지는 지점으로 이르렀으니, 그의 시가 세상의 풍파를 건너온 달관자의 모습을 띠는 것은 당연하다. "웃으며 산책하듯 지내고 싶다"며 유순해진 인생 서사의 영토가 현재 그의 영토임을 자인한다(「이순耳順이 되어」). 이순을 지난 송상섭 시인은 다음 시에서 자연과 인간의 삶 상호작용에 대해 고민을 하고 있다.

하룻밤 장대비에
경계를 넘나드는 개울물

단단히 화가 나
울퉁불퉁 달려오는 물살

뒤돌아서면
저리로 내 달리는 성난 근육들

어제 바닥에서 숨죽였던 저들이
오늘은 거칠게 날뛰고 있구나

하룻밤 사이 변해버린 녀석들
쓰레기들에 섞여 다리 밑에서 너울대다가

마지막 이별을 고하고 삼삼오오 떠내려간다
희희낙락 떠밀려 간다

－「다리에서」 전문

물살이 "단단히 화가 나"서 "울퉁불퉁 달려오"고 "성
난 근육처럼 내달"리는 것은 자연과 인간의 갈등을 은
유하는 표현으로 인간의 편리를 위한 이기(利器)에 대한
불만을 나타낸다. "바닥에 숨죽였던 저들"은 자연이며
인간의 편익(다리, 경계)에 거칠게 저항하며 인간의 부산
물인 "쓰레기"를 자연(물결)의 근육으로 일소해 버린다.
자연의 저항과 승리에 인간은 그들의 편익에 "이별"을
고하고 자연과의 공존을 통해 "희희낙락"한 세상을 만
들어 가야 한다. 이 시는 인간이 자연을 어떻게 다룰 것
인지에 대한 비판적 해답을 제시해 준다.

송상섭 시인은 1980년대의 격동의 정치 환경에서 대
학생으로서 386세대의 희생과 투쟁을 보면서 민주주의

와 그를 위한 바른 교육의 정착을 바라던 스물다섯 청년기의 글을 "육십에 다시 보면서 그냥 옮겨 놓은 것"이라면서 산문적 글을 그대로 이 시집에 옮겨 놨다. 그것은 자신의 젊은 시절의 생각을 날 것으로 간직하고픈 시인의 "소망"으로 읽힌다(「소원」).

비 오는 날 기차를 타고
차창을 보노라면
지천으로 그리움이 날린다

가늘게 기울어지며
자기 자리로 뒷걸음질 치는
전봇대 사이사이에도

가끔 지나치는 건너편
버스 창가 낯설게 흐릿한 얼굴에도

다들 무슨 생각을 하고
어디론가 떠나가고
다시 돌아오는지

살기 위해 살아있는
모두들 이 땅에 내려와
잠시나마 눈물을 내려놓는 건 아닌지

생각도 비가 되어
윤회하는 것인가

너무나 소중한 그대를
다시 만날 수 있을지 근심하며
차창에 매달려 휘날리는
한 줄기의 물방울에도

잠시 동시대에 있었음을
서둘러 손을 뻗어
인사라도 나눌 일이다

–「생각」 전문

　　위 시는 비 오는 날 기차를 타고 창밖을 내다보는 평
범한 일상에서 서로 다른 생각을 하고 각자의 인생 여
정으로 지나가는 인연들을 관조하면서 다시 만나고 싶
은 옛 인연을 소환하고 있다. 무심한 일상이 모여 삶이
되고 윤회로 반복됨이 비와 창가의 물방울의 인연처럼
사소한 모든 것이 알게 모르게 인연의 순환 고리로 연
결된 소중한 동행임을 말하고 있다. 시인의 가슴에도 그
리움과 재회할 소망이 차올라 빗물로 눈물 되어 흘러내
려 애잔하다.

"유추의 오류"라 해도 우리는 모두 언젠가는 떠난다는 "일장춘몽"의 삶을 네 시간의 낮잠을 통해 깨달았다(「오후」)는 시인은 결혼하는 딸에게는 자라서 결혼하기까지의 부모가 주었던 사랑과 희생을 기억할 것과, "인연"과 "천륜"의 소중한 뜻을 가슴에 새길 것을 당부하는 것으로 결혼선물 대신 언급한다(「결혼」). 이러한 순간들은 주변에서 흔히 접하지만, 때로는 그 소중함을 잊기 쉽다. 이러한 시들을 통해 우리는 다시 살아가는 의미와 그 소중함을 되새길 수 있게 된다.

송상섭 시인은 사랑에 대해서는 아름답고 달콤하지만, 가시와 같은 아픔을 수반한다는 것을 경고하면서 "가뭄에 지는 장미꽃", "가시 박힌 비둘기", "돌아올 수 없는 바다"를 사랑 종료의 객관적 상관물로 사용하는데 이는 사랑의 유한성을 말하는 것이다(「사랑 1」). 산마르코광장에 있는 "레오나르도 다빈치"와 루브르박물관의 "모나리자"처럼.

"내려온다, 내린다"의 주어가 안개·비·해·바람, 꽃·눈·별·물로 이어지는 생(生)과 사(死)의 순환으로, 생사(生死)의 길은 숨겨져 알 수 없으니 보살행을 배우며 실천한다는 속내를 밝힌 시(「꽃」)에서는 송상섭 시인의 신앙관을 읽을 수 있다.

"언제나 올바른 새벽 시간"을 통해 "삶을 확인하는

수많은 시간"은 송상섭 시인의 「행복」한 순간이 되지만, "대청길 넘어 느릿한 고향 구름"에 들어서면 "인간적 한 철"을 보름달 아래 펼치던 어머니의 빈자리가 커 보여 서글퍼지는 막내의 "추석 명절 하루"가 기다고 있다(「추석」).

이렇듯 송상섭 시인은 함께했던 소중한 인연들을 잊지 못하는 따스한 가슴의 소유자다. 18년간 함께한 차량 02가 6304를 보내는 마음이 그랬고(「조기 폐차」), 모퉁이에서 우연히 마주친 고양이에게조차 이듬해 봄날 다시 만나자는 따스한 마음을 전하는 것도 그러하다(「고양이」).

송상섭 시인은 "나이 든 어린애"의 순정을 알아봐 주고 "등 두드려 주는 손"을 나누는 사이로 전생과 내생을 함께할 인연을 갈구할 뿐만 아니라(「멘토」), 미물인 파리를 잡는 순간에도 파리의 내생을 기원하며 현실과 이상의 접점에서 고민한다(「윤회」). 삶의 불확실성에 인간적으로 갈등하지만(「불면」), 현실의 삶이 힘들더라도 이겨낼 수 있다는 메시지를 붙들고 고행을 지나가면 행복이 다가온다는 희망을 포기하지 않는다(「하루」).

송상섭 시인의 시들에서 보듯 언어의 수행자(linguistic performer)로서의 송상섭의 언어에 상응하는 정신적 본질은 일상적인 삶 속에서의 생과 사, 인연과 사랑, 의미와 목적 찾기 등의 주제들을 담고 있다고 할 수 있다.

II. 모두 기억하지는 못하지만, 건져내고픈 시간들

"시간은 사람이 쓸 수 있는 가장 가치 있는 것이다 (Time is the most valuable thing a man can spend)"라고 그리스 철학자 Theophrastus는 말한 바 있다.

언어의 수행자(linguistic performer)로서의 송상섭 시인이 전달하려는 시간의 "정신적 본질"은 무엇일까?

"살아있는 세상에서만 존재하고 살아 꿈틀되는"것이기에 우리는 "살아있는 한 무뎌져선 안 된다"고 송상섭은 말한다(「시간」). 이는 Theophrastus의 시간의 본질과 "내가 죽이는 시간이 나를 죽이고 있다(The time i kill is killing me)"고 말한 美 작가이자 교수였던 Mason Cooley의 시간의 본질을 모두 포섭하는 시간이다.

그리하여 송상섭 시인은 "매일 오는 오늘이 좋고", "돈이 있으면 해결할 수 있는" 소소한 고민뿐인 오늘이 "유복한 것"(「오늘」)이 되며 오늘에 충실할 수 있는 것이다.

송상섭 시인은 옛 노래와 바닷가 해변을 매개체로 하여 어떠한 상황과 감정을 구체화하여 추억을 소환하기도 하여 흘러간 시간을 당겨오기도 한다(「옛 노래」, 「추억」).

흔히 예상되는 어촌마을 어부의 아내의 모습을 언어의 얼개로 담아 고된 현실을 견디게 하는 부부의 사랑을 영상화시켜 일상적인 삶 속에서도 아름다움과 행복이 존재한다는 것을 보여주려 한다. 이는 현재에 충실하는 한 모두에게 "밝은 눈빛"과 "입가에 미소"를 달아주는 시절이 주어질 것이라고 말하고 있는 것(「어부의 노래」)과 같은 층위를 갖는 것이다.

유난히 송상섭 시인은 이번 시집에서 물(비)이나 바닷가를 배경으로 한 시간을 채집하는 면모를 많이 보여준다. 갯벌에 누워 물을 기다리는 빈 배를 통하여 세상의 변화에 순응하는 생명의 순리를 말하는가 하면(「썰물」), 맑은 바다를 객관적 상관물로 소환하여 희망과 미래를 꿈꾸며, 건강과 사랑에 찬 대한민국의 모습을 노래하는 것(「동해」)이 그 일례이다. 낮은 바다, 서해 바다의 대표적 명소 안면도를 소환하여서는 석양을 통해 인간의 한계성과 삶의 유한성을 상기시켜 생전에 충분히 누릴 시간의 소중함을 말하는 것(「안면도」). "달만 홀로" 떠 있는 호수 아래에 수몰된 아름다운 마을을 그리워하며 "아름다웠던" 과거의 "오늘 하루"를 기억해내는 화자의 마음이 물에 녹아 있음을 말하는 것(「대청호에서」)도 마찬가지다.

송상섭 시인은 때론 일상의 비틀림과 이격을 의도적으로 드러내서 인간의 다기한 모습을 부각시키기도 하는데 이는 염결성으로 흐를 수 있는 시편들의 단조로움을 벗어나게 하는 장치가 된다.

일상적인 루틴 속에서의 음식 선택에 대한 반복과 모순을 담은 시 「김치볶음밥」에서는 좋아하고 싫어하는 음식이 같은 것으로 설정하여, 일상의 단조로움과 질리는 느낌을 표현하고 있고, 의도적인 오타(대지→돼지, 처마→치마)와 불분명한 의미로 시를 구워 독자에게 판타지적인 상상과 해석을 불러일으키기도 하는 시(「오타」)가 그 일례이다.

나아가 송상섭 시인은 여성은 확신이 없으면 사랑하지 않고 작은 사랑에 만족하지만, 남성은 확신 없이도 사랑을 시작하며 큰 사랑을 위해 노력한다며, 여성과 남성이 사랑하는 방식에 대한 차이점에 대한 자신의 주장을 던지고 능청스럽게 독자들에게 동의를 강요하기도 한다(「그런가요?」, 「안 그런가요?」).

송상섭 시인은 지나온 감상적(感傷的)인 시간의 무늬를 이번 시집에 많이 끌어다 놓았다.

다시 어둠이 내리면
거리에 나만 홀로 이 서 있네
지나가는 자동차 불빛
흔들리는 내 그림자

-「저녁에」 부분

그 흔한 책갈피 단풍잎 한 장
보내 보지도 못하고 말아버린
그런 만남이었다

-「인연」 부분

시간이 갈수록
출발 시각이 다가올수록
우리의 만남이 짧아져 가고
나는 점점 굳어져만 가고 있는데

-「봄밤」 부분

늘 그곳에 그대와 함께
갈 수 있을 것 같았는데
이제 시간은
뒤로 돌아 나를 울게 한다

-「회상」 부분

그 사람이 떠난 후

사랑한다는 그 말이
얼마나 고맙고 소중한 말이었는지

-「이별 후」 부분

거기서 딱 멈춰야 했는데
사랑이 가는 건지
사람이 가는 건지
이렇게 멈춰 세우지 못해서
어쩌지 어떡하지

-「제사」 부분

　어둠이 내린 밤거리에 혼자 남겨진 쓸쓸한 감정(「저녁
에」), 사람을 만나 감정이 증폭되고 급기야 꿈에서까지
버겁게 사랑을 느끼지만 "단풍잎 한 장 보내 보지도 못
하고" 고백하지 못하고 끝나버린 애잔한 사랑(「인연」),
떠나는 상대방에 대한 그리움과 사랑(「봄밤」), 소중한 추
억이 머무르는 안면도에 흘려놓은 그리움(「회상」), 이별로
인한 슬픔과 그리운 감성(「이별 후」), 죽음과 이별의 고통
(「제사」) 등 감상적(感傷的) 시간들은 이번 시의 집 곳곳
에 옹송그리고 있다. 이 시에서 발화되는 송상섭 시인의
솔직한 감상에 독자들도 공감을 더할 것으로 본다.

어느 날 보물이 되어 있고
그래서 갖고 싶고
도둑맞거나 빼앗기면 안 되는 것
바로 그 마음
그런 생각

-「사랑 2」 전문

이순을 살아온 송상섭은 삶에 있어서 뺏기지 말아야
할 보물 같은 것이 사랑이며,

보이지도 않고
만지지도 못하는
대체로 맑음
내지는
구름이 많이 낀
구체적이지 못한
일기예보다

-「인생」 전문

삶이란 예측 불가능한 일기예보 같은 것이니,

정리가 안 된다
할 말이 안 나온다
마지막이라는 생각뿐
내 생에 단 한 번
자동사격 절대 금지
탄알 일발 장전

-「고백 1」 전문

정리가 안 되고 말이 안 되는 언제든지 폭발할 수 있
는 마음속 감정을 잘 억누르고 꿋꿋이 버텨나갈 의지
를 키우고 〈자신의 한방〉을 만들어갈 것을 당부한다.
이렇듯 송상섭 시인이 모두 다 포섭할 수 없는 크로노
스(Chronos)의 시간들 중에서 꼭 기억해야 할 카이로스
(Kairos)의 시간들을 이 시집에 붙들어 두었는데 그것들
은 현실을 살아가는 우리들이 공명할 만한 시간들이라
하겠다.

III. 크로노스(Chronos)는 사라져도 카이로스(Kairos)는 시어의 날개를 타고 퍼덕일 것이니

시간의 가장 깊은 숨소리에
이제는 모두 눈을 감는다
격렬했던 순간의 거친 맥박도
다소곳이 숨죽이고
휘황찬 거리의 차가운 불빛들도 초라히 껌벅인다
종종걸음이 바쁜 한 철
사람이 살아가고 있다는 것이
때론 서둘러 귀가하는 그들의 뒷모습처럼
가늘게 흔들리는 낡은 가로 빛이라

어느 젊은 유대의 청년도 인도의 득도한 왕자도
새벽녘 깊은 한숨으로 밤새 손을 녹이며 기다리는
기다림이나 기다림 속에 허기처럼 몰려오는 그리움을
알기는 알았을까 마는
낯선 새벽 밤새 꿈의 아지랑이는 얼음처럼 지쳐 굳어
진 마음
호주머니 속으로 스며드는 이 계절

무엇에도 울 수 없는 흐느낌만이
어디로부터인가 꿈틀거려
고개 숙여 불러대는 예불 소리와 겹쳐 흐른다

끝도 없이 이어질 것만 같던 이 계절도
언젠간 우리네 지난 한 계절로 녹아들겠지
아침이면 보고픈 모든 것들을 다시 봐야겠다
사랑 없이 정말 아무 사랑 없이
그래야만 이 겨울의 깊이에서
헤어날 수 있을 것만 같다

-「겨울에」 전문

　이 시는 겨울의 깊은 감성을 담은 시로, 겨울의 추위와
함께 사라져가는 모든 것들에 대한 불안과 슬픔을 이겨
내기 위해 고민하는 인간적인 사랑과 고통을 묘사하고
있다. 그리움에 지친 화자는 예수와 석가모니 같은 성
자들의 "알기는 알았을까 마는" 초월적 경지를 부러워
하기도 하지만, "언젠가는 우리네 지난 한 계절로 녹아
들" 것이라는 희망과 "아침이면 보고픈 모든 것들을 다
시 볼" 수 있는 희망에 고된 삶의 겨울을 이겨낸다는 의
지를 가져야 함을 강조하고 있다. 결국 사랑 없이 정말
아무것도 없다며, 겨울의 깊은 슬픔을 이겨내기 위해선
사랑이 필요하다는 메시지를 반어법적으로 말하고 있는
이 시는 계절로서의 겨울을 이겨내기를 말하는 것이라기
보다는 삶의 어려움을 이겨내고 인생의 질곡을 벗어나게
하는 게 사랑이라고 말하고 있는 것이라 하겠다.

송상섭 시인은 인연의 무너짐에 아파하고(「실연」), 찻집에서의 일상적인 장면을 그려냄으로서 인간의 본성과 욕망, 존재이유를 묻기도 하며(「1985년 4월 23일」), 비와 천둥, 비갠 뒤의 맑은 하늘의 변화 속에 "빈 몸뚱이 겨우 숨기는" 인간의 초라함을 드러내기도 하며(「여름」), 비가 오면 '그리움의 수액'이 되어 님의 "엷은 옷 속으로" 스며드는 "소리 없는 포옹"을 나누고파 "미치게 그리운" 애상을 카이로스의 시간에서 기억해 낸다(「비」).

　송상섭 시인은 사회에서 소외되고 그늘진 곳을 외면하지 않고 그 속에 자신을 담가 마음을 풀어헤친다. 밤이 오면 낯선 얼굴과 노인처럼 버텨야 하는 인간적 비애가 싫어 어김없는 시간과 자전축에 순응해야 하는 운명에 저항하고(「밤」), 세월 앞에 사그라져 "쓰레기"가 되어 "한 줄기 외로움"을 안고 "서러운 인연과 미련의 끄나풀"을 잡고 살아가고 있는 슬픈 존재로서 "긴 한숨 산허리에 놓고 자신의 위치를 확인하듯 낯선 집 문패를 보"는 눈가엔 "축축한 눈물이 고이고"(「노인」), 삶에서 별 것 아니게 소외된 "시집 못간" 여성이 세상에 맞춰 "단 한 번 네 소리 없이 쿵쿵" 살아가는 단면에 연민의 시선을 보이는 것(「미스방」) 등이 그것이다.

　느낌으로도 벅찬 숨쉬기

근이 없는 방정식처럼 의미 없는 해답 같은
그냥 엑스

사는데 가장 퇴폐적인 미와 선의 공간
가공된 향락 애상적 촉각으로
단내 풍기는 사탕 알 하나 씹으며
기타운지법 한번 배우고 튕기는 서툰 소리 맞혀
느낌 없는 노래하였다

-「짝사랑」 중략

   송상섭 시인은 짝사랑의 복잡한 감정과 그로 인한 혼
란스러움을 "근이 없는 방정식처럼 의미 없는 해답 같
은/그냥 엑스"라 말한다. "가장 퇴폐적인 미와 선의 공
간"인 짝사랑으로 인해 다른 일들은 소외되고 무감각
해져 "가공된 향락과 애상적인 촉각으로" 살아보고, 기
타 연주를 하며 노래를 불러보지만 공허한 노래가 된
다. 짝사랑의 감정을 이해해 줄 수 있는 사람이 아무도
없어 "선잠 깬 조카 애 붙잡고" 어떠한 위로나 해결책
도 없이 그저 혼자 절망하는 상황은 그의 물리적 시간
은 갔지만 카이로스는 청년의 시간에 머물러 있음을 발
성하는 모습이다.

   그밖의 시들에서 다양한 한계상황을 참아야 하는 어

려움에 대해서는 "웃음 없이 우스운" 냉소적 불만과 현실감을 드러내기도 하며(「한계」), 자아에 대한 탐색과 인식, 그리고 용서와 정체성에 대한 고민을 하면서 (「비 마이 셀프」), 고통의 근원을 탐구하고 몸과 마음의 이중성에 대해 공구(攻究)하고, 마음과 고통 간의 상관관계에 대한 근원적인 화두 앞에 골몰하기도 하는(「석가탄신일에」) 인간적인 면을 드러내고 있다.

목이 말랐다
수그려 떨어뜨린 긴 머리칼 사이로
다 찢긴 눈동자 둘 땅에 내리고
힘들게 귀에 와 닿는 어려운 소리들
헤지고 쓰러져
흰 이 드러내 웃고 있으면
그 모습 어딘가
더욱 쓸쓸해 보이고
울고 있다면 차라리 그게 더 어울리고

갈증이었다
하늘에 별이 내려 그간 감추었던 꿈이나 꾸려 하면
다행히 가슴 품 안에 넓은 생각으로 돌리려는
새벽 4시의 위경련
언제쯤 적막감은 안정되는지
드러누워진 숱한 흔적에서도

유독 그리움만이 스산히 저 꽃과 어울려 피어지는지
그 아지랑이 솟아올라 배알 거리고
한참을 생각하다 다시 머리 숙여 생각하지 않아도
역시 목이 마르다는 것
가슴 저리도록
갈증을 느끼고 있다는 것밖에 없다

목마르게 살고 있는 내 입술을 적셔 주었던 삶
의 확인
죽음의 망각
나의 입 근처 어딘가에서 고갈돼 가고 있었다

-「청년의 삶」 전문

이 시의 목마름과 "찢긴 눈동자", "어려운 소리들"은
청년의 고통스러운 상황을 보여준다. 밝게 웃는 모습은
"더욱 쓸쓸해 보이고", 울고 있는 모습이 "차라리 더 어
울리"다 노래하는 문장들은 청년의 내면적인 고통을 표
현하는 환유다. "하늘에 별이 내려 그간 감추었던 꿈이
나 꾸려 하"지만 "역시 목이 마르다"는 "갈증을 느끼고
있다는 것밖에 없"는 현실을 대면하는 것이 청년의 삶이
다. 그러한 삶의 확인과 그 삶의 허망함을 대체할 무언
가로서 "죽음의 망각"을 말하는 송상섭 시인은 이 시를
통하여 곤궁한 청년의 삶을 세상에 환기시켜 이 시대의

해결책에 대한 화두를 던진 것이다.

송상섭 시인은 짧고 긴 여운을 주는 짧은 시의 시작(詩作)을 시도하기도 하는데, 옛 기억을 그리움의 무게와 좋은 감정샘의 흔적으로 추적하고(「추억」), 의미 있는 한 방은 존재의 실증으로서 누구나 한방은 가진 삶이라고 독자들에게 용기를 북돋아 주기도 하고(「명중」), 불안과 공포에 대한 대처 방법과 누군가를 확인하고 싶은 삶의 한 순간에 대한 중요성을 강조하는 시(「고백 2」)가 그 예다.

그리운 사람들
고독을 외면하려는 친구들
술을 가까이하고 고향을 버린 이들
객지를 우상화하고 이방인을 존경하고 타액을 흡
수하려는
말라 웅크려진 비계 덩이들
비참해진 자신을 감추려는
웃음으로 겸손으로 위장으로 부족하여 울음으로
끝내는 돌이킬 수 없는 추한 총성으로 역사를
물들이고
흔들리는 가을 거리를
낭만 대신에 공포로 적막의 아픔으로
밀물 닥치는 불안의 선율
대중가요가 안 들리고 대신 어떤 진혼곡

숨죽이는 듯한 사이렌 소리
도시는 붉은 색으로 시멘트벽을 그어댄다

-「오월」 전문

「오월」은 술, 객지, 우상화, 위장, 부족함 등 다양한
수단으로 아픔을 감추려 하지만 결국에는 울음으로 끝
나는 "추한 총성으로" 5월의 역사에 괴로워하는 화자를
그리고 있다. 도시의 모든 것이 혈흔과 폭력으로 가득
차고 "붉은 색으로 시멘트벽을 그어댄다". 이 시에서 진
혼곡이 민중의 가요가 된 5월을 기리는 것은 동시대를
산 자의 아픔을 노래하는 것이다. 5월 그날이 다시오면
피가 끓는 이유이다.

송상섭 시인에게는 어머니에 대한 사랑과 애틋함이 진
하게 배어있다. 모든 사람들이 그러하듯 죽어서도 떠날
수 없는 게 어머니의 품임을 송상섭 시인은 여러 시편에
서 고백한다.
죽음에 대한 두려움과 어머니와의 관계에 대한 성찰을
담고 있는 시 「어머니의 손길」에서도 어머니의 사랑을
추억하며 "어머님이 꿰매 주신 밍크 이불 구석의 흰 바
늘땀"에서 안도감을 찾는 자신을 발견한다. 어머니에 대
한 사모곡으로 이 시집을 매듭을 짓는 시로 내놓은 이
유를 알만하다. 도통골에서 고사리를 뜯고 있던 기억 저

편에 있는 어린 자신을 만나는 반가움을 느끼며 그것을
반찬으로 즐기지만, 어머니가 이 세상에 없어진다면 그
것도 먹지 못할 것 같다는 송상섭 시인의 자전적 헌시
(「도통골 고사리」)가 어머니에 대한 그의 심경을 대변하고
있다.

　송상섭 시인은 귀가 순해진 세월의 수레를 타고 있다.
그 수레에 올려지고 내려진 시간들 가운데 지워지지 않
는 삶의 편린들이 카이로스의 날개 위에 퍼덕이고 있다.
그것들은 언어수행자(linguistic performer)로서 그에 상
응하는 그의 시어를 타고 선명하게 살아난 것이다.

　앞으로 송상섭 시인의 시 세계는 그의 상응하는 언어
미학의 역량에 달려있다. 그에 따라 시의 정신적 본질을
전달하는 역량도 달라질 것이다. 하루에도 수백 편의 시
들이 양산되고 있다. 수많은 시편들 가운데 있어도 좋
고 없어도 좋은 시들은 시편들의 중언부언에 불과하다.
시의 집이 세상에 나와서 작품으로서 영생할 수 있을 때
시인은 보람을 느낀다. 중언부언하는 '시의 집'은 죽은
글자의 무덤만 양산한다. 송상섭 시인의 이번 '시의 집'
이 독자들 곁에서 영생할 수 있길 빈다.

정규범 시인

고려대 법대 졸업
문학광장 신춘문예 등단(2017)
제6회 황금찬문학상 문학대상(2020, 황금찬 시맥회)
제6회 문학대전 수상(2022, 경북일보사)
문학광장 문학대상(2022, 문학광장)
제27회 윤동주문학상(2023, 문학신문사) 외 多數

現, 고려사이버대학교 초빙교수
現, 격월간 문학광장 이사장

著書
시집 『길이 흐르면 산을 만나 경전이 된다』(2021, 달아실)
한국문학 대표시선집 6집, 7집, 8집, 9집, 10집(공저)
삶 3집, 4집(동인지)
기타 전문 서적 및 논문 多數

도통골 고사리

송상섭 지음

발행처   도서출판 **청어**
발행인   이영철
영업   이동호
홍보   천성래
기획   남기환
편집   방세화
디자인   이수빈 | 김영은
제작이사 공병한
인쇄   두리터

등록   1999년 5월 3일
          (제321-3210000251001999000063호)

1판 1쇄 발행 2023년 6월 20일

주소   서울특별시 서초구 남부순환로 364길 8-15 동일빌딩 2층
대표전화 02-586-0477
팩시밀리 0303-0942-0478
홈페이지 www.chungeobook.com
E-mail   ppi20@hanmail.net

ISBN   979-11-6855-161-9 (03810)